Les Misères du Prolétariat

—

# ANTONINE

DRAME EN TROIS ACTES

PAR

## V. DARGENTIÈRES

**Prix : 1 franc**

—✦—

## PARIS

**LIBRAIRIE INTERNATIONALE**

A. LACROIX, VERBOECKHOVEN ET C^{ie}, ÉDITEURS

15, boulevart Montmartre et faubourg Montmartre, 13

MÊME MAISON A BRUXELLES, A LEIPZIG ET A LIVOURNE

—

1872

# ANTONINE

DRAME EN TROIS ACTES

PAR

## V. DARGENTIÈRES

# PARIS

**LIBRAIRIE INTERNATIONALE**

A. LACROIX, VERBOECKHOVEN ET C$^{ie}$, ÉDITEURS

15, boulevart Montmartre et faubourg Montmartre, 13

MÊME MAISON A BRUXELLES, À LEIPZIG ET A LIVOURNE

1872

TOUS DROITS DE TRADUCTION ET DE REPRODUCTION RÉSERVÉS

# PERSONNAGES :

MARIAN, ouvrier. 30 à 35 ans.

ANTONINE, femme de Marian. 30 ans.

CLÉMENCE, fille des précédents. 6 à 8 ans.

ÉMILE, ami de Marian, et PREMIER TÉMOIN dans le duel.

RAPHAEL, jeune homme riche et de grande tenue.

GRAPPIN, brocanteur.

DEUXIÈME TÉMOIN. . \
TROISIÈME TÉMOIN.. \
QUATRIÈME TÉMOIN.. } pour le duel. \
UN DOCTEUR.. . . .

PREMIÈRE FEMME. . } employées d'une Maison de santé. \
DEUXIÈME FEMME. .

# ACTE PREMIER

La scène est à Paris. On voit une chambre de très-modeste appa-
rence, une fenêtre à gauche (du spectateur), deux portes au fond :
celle de gauche communique avec le reste du logis, celle de droite
est de sortie. Pour ameublement : une commode, une table, quelques chaises, un fauteuil et une petite causeuse. Une cheminée à
gauche, une glace, une pendule. Quelques photographies sont ap-
pendues aux murs.

## SCÈNE PREMIÈRE

### RAPHAEL, ANTONINE.

Ils sont assis sur la causeuse.

**RAPHAEL.**

Je crois qu'il y a quelque chose, dans la Providence,
qui semble diriger l'une vers l'autre les âmes créées pour
se comprendre ; et ce qui semble hasard, dans notre liai-
son, ne doit être qu'une sorte d'attraction naturelle entre
deux éléments qui sont le magnétisme de l'amour. Tu te
souviens, enfin ; je passais sous ta fenêtre, celle-ci je
crois ?

**ANTONINE.**

Celle-ci, justement.

**RAPHAEL.**

Je n'avais jamais ouï parler de toi, je n'avais jamais mis
le pied dans cette rue.

**ANTONINE.**

Vraiment ?

**RAPHAEL.**

Je te vis appuyée, là, sur cette balustrade ; cela ne me

sortira jamais de la tête. Tu paraissais pensive, triste même : ton esprit se portait sans doute sur l'union malheureuse dont tu es victime ?

ANTONINE.

Oui, puis nos yeux se sont rencontrés.

RAPHAEL.

Dis-moi donc comment il se fait que, te voyant ainsi pour la première fois, il me sembla te reconnaître ?... Tes yeux ? Leurs regards avaient déjà glissé dans mon âme !... Tes lèvres ? J'avais déjà frémi sous leurs baisers !... J'avais déjà senti l'étreinte de tes beaux bras blancs, et, dans un sublime embrassement, nous avions entamé tous deux déjà la coupe des voluptés ! Où ? Quand ? Dans un autre monde, peut-être ? Ne dit-on pas que la vie est éternelle et inhérente à tout ce qui existe ? Nous avons peut-être déjà vécu l'un pour l'autre, qui sait ?

ANTONINE.

Es-tu sincère, enfin ?... Oh ! jure moi que tu n'as pas d'autre amour que le mien.

RAPHAEL.

Je le jure.

ANTONINE.

Si tu aimais une autre femme que moi, vois-tu, je ne sais ce que je ferais : je me détruirais, je crois !... Alors, après m'avoir aperçue ?...

RAPHAEL.

J'avais compris... Que de choses dans un regard ! Je remarquai la fenêtre, la maison ; je ne dormis plus, je revins et revins encore, et toujours plus ému ; puis, enfin, j'osai t'adresser la parole.

ANTONINE.

Je ne t'ai pas répondu tout d'abord, j'étais plus morte que vive : je sentis un éblouissement me monter à la tête, la vertu m'échappait comme l'eau glisse entre les doigts ; je n'avais jamais éprouvé cela. De tout ce qui m'entourait je ne vis plus que toi, mais à travers un nuage ; mon cœur battait, battait... Quel doux instant !

### RAPHAEL.

C'est un de ceux qu'on n'oublie jamais : le sentiment qui vous enivre alors, c'est le parfum de la vie, c'est le flambeau qui doit illuminer nos souvenirs futurs ; c'est l'ambroisie qui vient adoucir l'amertume de l'existence ; c'est le vrai, le seul bonheur, enfin !

### ANTONINE.

Tiens, laisse-moi t'embrasser. (Elle l'embrasse.) .. C'est donc vrai : tu n'as jamais aimé que moi ? Quel malheur de ne pas nous être connus plus tôt... Mais non, tu mens ? tu m'as dit cela pour triompher plus facilement. Oh, je suis jalouse, tiens ! J'en ai le droit, d'ailleurs : n'ai-je pas tout bravé pour toi ?

### RAPHAEL.

Qui peut t'inspirer de pareilles pensées ?

### ANTONINE.

N'étais-tu pas en retard, aujourd'hui ?

### RAPHAEL.

J'avais quelque défiance.

### ANTONINE.

Pourquoi ? Tu sais bien que, quand je n'ai pas mes boucles d'oreilles, tu peux monter. Sache-le, mon ami, tous les obstacles qu'on oppose à la passion ne servent qu'à l'augmenter. Depuis que je soupçonne d'être épiée, je t'aime davantage et je sens que je ne puis plus vivre sans toi. J'étais timide avant de te connaître ; à présent, je sens que je braverais tout pour te voir. Parfois, je pense à une chose : si nous pouvions partir tous deux, changer de patrie !

### RAPHAEL.

Cela n'est pas possible.

### ANTONINE.

Comment ! tu as enchaîné la fortune, tu te dis libre, et tu reculerais devant ce projet ? Tu n'es donc pas l'homme que je crois, tu n'es donc qu'un lâche ?

RAPHAEL.

Décide, j'obéirai.

ANTONINE.

Ah !... A la bonne heure ! Hé bien non, ce projet n'est
pas réalisable, quant à présent ; je voulais sonder ton
cœur... Si tu savais le songe merveilleux que j'eus cette
nuit : nous étions enlacés tous deux, nous avions des
ailes, nous glissions sur les flots bleus de l'Océan ; l'alcyon
n'avait pas de vol plus léger que le nôtre. Un frémisse-
ment inexprimable, une extase d'amour parcourait mon
corps et brûlait mes entrailles. Nous avions visité tour à
tour, les pays où s'illumine la poésie du soleil et des
chansons ; puis, le monde disparut à nos yeux, nous en-
tendîmes les accords d'une divine mélodie, nos regards,
notre haleine se confondirent : créés l'un pour l'autre,
nos corps et nos âmes ne formèrent plus alors qu'une
seule et même substance. Il me sembla que nous étions
dans le ciel, le ciel des poëtes, le ciel de Dieu !... Quel
malheur de se réveiller dans ces moments-là...

RAPHAEL, à part, se levant brusquement.

Je ne pourrai jamais raconter cela chez Brébant, personne ne me croira. Cette femme a beaucoup lu...

ANTONINE.

Tu dis, mon ami ?

RAPHAEL.

Je dis qu'il est l'heure de nous séparer.

ANTONINE, se levant.

Cela n'est pas vivre ! Avant de partir, dis-moi, mon
ami : reste chez toi demain matin. Justement, une de mes
amies est tombée malade ; il est tout naturel que j'aille la
visiter. Tu saisis le prétexte ? Nous pourrons nous voir
librement, sans contrainte, tu comprends ?

RAPHAEL, allant pour sortir.

A demain, donc.

ANTONINE, allant à lui et lui tendant la joue.

Hé bien ?

RAPHAEL, après l'avoir embrassée.

Tu es un ange, une étoile.

ANTONINE, allant à la porte.

Ingrat... Laisse-moi regarder avant que tu ne sortes.

RAPHAEL, à part.

Ma parole d'honneur, elle est folle de moi !

ANTONINE, revenant.

Va, mon ami.

RAPHAEL, à part.

Voilà le côté ridicule de ces sortes d'amour. (Haut.)
A bientôt.

ANTONINE, lui envoyant un baiser.

Adieu, chéri.

(Raphaël sort.)

## SCÈNE II

ANTONINE.

(Elle cherche à reprendre son sang-froid, rajuste sa
toilette, range quelques vases sur la commode, se
regarde à la glace, remet ses cheveux en place avec
le déméloir et prononce, pendant ce jeu de scène,
les paroles suivantes.

Comme il est beau !... Raphaël... Quel joli nom... Eh
puis... Ah mon Dieu !... qu'est-ce que tout cela va devenir?... Je suis perdue ! (Tirant une clef de sa poche et ouvrant
la porte de gauche.) Clémence ? Clémence ?

## SCÈNE III

ANTONINE, CLÉMENCE.

CLÉMENCE entrant avec un travail de tapisserie à la main et faisant
un saut de joie.

Ah quel bonheur !

ANTONINE, sèchement.

C'est bien. As-tu fini ta tâche ?

CLÉMENCE.

J'ai presque fini, maman.

ANTONINE.

Tu es une petite paresseuse, tu vas t'asseoir là, tu vas finir ta pantoufle devant moi. (La faisant asseoir.) Assieds-toi... Je t'enfermerai comme ça tous les jours jusqu'à ce que tu travailles mieux, et quand ton ouvrage sera mal fait, tu le déferas pour le recommencer.

## SCÈNE IV

ANTONINE, CLÉMENCE, MARIAN, ÉMILE.

ÉMILE, entrant et saluant Antonine.

Madame...

ANTONINE à Émile.

Ah !... Mais c'est une résurrection. (A son mari l'embrassant.) Te voilà, mon ami ?

ÉMILE à Antonine.

Je vous ramène Marian, j'avais peur qu'il ne se perdît. (Pendant ce dialogue, Marian embrasse Clémence et lui donne des bonbons.)

ANTONINE à Émile.

Il ne saurait être en meilleure compagnie ; vous passez, dans le quartier, pour un modèle à suivre.

ÉMILE.

Je suis le contraire de certaines gens, je ne vaux pas ma réputation.

ANTONINE.

Si la modestie n'existait pas, vous l'inventeriez... Puisque vous êtes là tous deux, je vais profiter de l'occasion pour faire mon marché.

ÉMILE.

A votre aise, madame.

ANTONINE, à Clémence, d'un air fort doucereux.

Mets ton bonnet, mon enfant, le voici. (elle le lui donne.) Tu vas venir avec petite mère.

(Elle met une coiffure, prend un panier et se prépare à sortir.)

ÉMILE, à Marian.

Tu sais que je suis attendu, je reste cinq minutes et je te serre la main.

MARIAN, mettant une bouteille et deux verres sur la table, offrant une chaise à son ami et s'asseyant.

Un instant, pardieu ! Je n'ai que toi d'ami dans Paris et c'est à peine si je puis te voir. Goûtons d'abord mon nouveau vin.

ÉMILE, s'asseyant.

Tu veux me faire voir que ta cave est garnie?

MARIAN.

Je ne bois jamais ailleurs qu'ici ; je puis bien avoir du vin chez moi.

ÉMILE.

Tu disais qu'on n'a pas le temps de se voir, à Paris ? C'est vrai. Quelle existence idiote on mène ici ! C'est une fièvre perpétuelle.

MARIAN.

Laisse-moi donc finir de te raconter mon voyage...

ANTONINE, à Émile.

Je vous donne le bonjour; mes compliments à votre petite famille.

ÉMILE.

Merci pour elle.

ANTONINE.

Au revoir.

ÉMILE.

Salut.

(Elle sort, avec Clémence.)

## SCÈNE V

### ÉMILE, MARIAN.

#### ÉMILE.

Enfin, tu l'as revu, notre pays?

#### MARIAN.

Oui, j'y suis arrivé à pied, un bâton à la main. Dès que je revis notre grande plaine, la prairie, les peupliers au fond, tu me croiras si tu veux, je me suis mis à pleurer comme une femme. (Trinquant.) Buvons un coup, tiens; il vient aussi du pays, celui-là... (Ils boivent.) Quand j'eus grimpé sur le coteau de la source, d'où l'on découvre le village, le soleil était déjà descendu derrière la montagne; un filet blanc de fumée s'allongeait comme un serpent sur l'horizon et tranchait sur les grandes ombres du soir; tu vois ça d'ici : c'était un feu de berger, comme nous en faisions, tu t'en souviens? Il y avait comme une lumière d'or dans l'air, les nuages déliés du couchant ressemblaient à de longues flammes. Les clochettes du troupeau qui rentrait, la corne du pâtre, la cloche du village; tout cela résonnait encore à mes oreilles, et ce n'était pas un rêve! Alors, je me suis souvenu de mon père, de mes aïeux, de tout ce que j'ai connu qui s'est éteint; et alors je me suis dit : Oh! qu'il est triste de vivre quand il faut voir mourir tout ce qui vous entoure! Puis, je réfléchis et je me dis encore : Si je pouvais créer une nouvelle famille, revivre au milieu de ces champs, pousser de nouveau la charrue; travailler pour des enfants qui m'aimassent et pour une femme que j'adore! C'est alors que l'horrible soupçon dont je t'ai fait part revint me mordre au cœur. Que Paris alors me parut affreux!

#### ÉMILE.

Tais-toi donc! Où vas-tu chercher ces idées sur ta femme?

#### MARIAN.

As-tu remarqué, quand nous voyagions sur mer, les signes précurseurs de la tempête? .. De sombres nuages s'amassent à l'horizon, l'anxiété s'empare des plus braves; le vent commence à courir, les flots prennent une teinte

sombre; ils clapotent d'abord autour du bâtiment. Tout
cela n'est rien encore, mais si le vent ne saute pas, cette
mer roulera bientôt d'immenses lames qui se tordront
autour de l'esquif auquel nous nous sommes confiés. Enfin,
furieuse et blanche d'écume, elle apparaîtra comme un
immense champ de neige sous un ciel d'encre. Alors, les
éléments déchaînés engloutissent tout ce qui n'est pas prêt
à leur résister. Eh bien ! mon pauvre Emile, en vérité je
te le dis, une horrible tempête se prépare ici, dans mon
intérieur.

ÉMILE.

Mais ta femme est charmante, mon cher, travailleuse....

MARIAN.

Je n'ai la preuve matérielle de rien encore, mais il y a
des signes précurseurs qui, comme je te l'ai dit, m'ont fait
entrer le soupçon dans la tête, et j'en suis malade ; ma tête
s'affaiblit.

ÉMILE.

Comment, depuis dix ans que vous êtes unis, cela te
prend aujourd'hui ? Tu n'es qu'un jaloux et voilà tout.

MARIAN.

Je sais que la jalousie est une injure quand aucun motif
ne lui donne lieu d'exister.

ÉMILE.

Quand une femme a fait ses preuves pendant dix ans
dans le travail et dans l'honneur, il n'est plus permis de la
soupçonner. Il faut des éléments certains, au moins.

MARIAN.

C'est vrai, mais quand on a des preuves on ne soupçonne plus, on peut prendre un parti. C'est un grand sou-
lagement, en cette matière, que d'être convaincu.

ÉMILE.

Attends les preuves et ne t'épuise pas dans le soupçon.

MARIAN.

Quand, au jeu, l'on suppose avoir affaire avec un grec,
on n'attend pas que les preuves de sa duplicité vous crè-
vent les yeux, on les cherche.

ÉMILE.

As-tu donc quelques indices?

MARIAN.

Oui.

ÉMILE.

Quels sont-ils?

MARIAN.

Un regard que j'ai saisi par hasard, des rapports vrais
ou faux, une lettre anonyme.

ÉMILE.

Et tu prends cela comme argent comptant?

MARIAN.

Quel intérêt a-t-on à me dire ce qui n'est pas? D'ailleurs, ne faut-il pas qu'une position soit claire? Si je suis
trompé, j'en mourrai, c'est vrai...

ÉMILE.

Tais-toi donc, on ne meurt pas de ces choses-là.

MARIAN.

Cela dépend du tempérament. D'un autre côté, si j'ac-
quiers la preuve qu'Antonine ait été calomniée, je ne l'en
estimerai que davantage et je l'aimerai plus encore que je
ne l'aime, si c'est possible.

ÉMILE.

Quel langage me tiens-tu!

MARIAN.

Je n'ai pourtant épousé cette femme que par inclination.
Eh bien! si les sentiments qui nous unissent sont brisés,
que reste-t-il? Et puis, enfin, c'est une sottise si tu le veux,
mais je n'ai jamais eu de maîtresse.

ÉMILE.

On ne dit pas de ces choses-là! On prend une maîtresse,
au cas échéant, et cela console de bien des peines.

### MARIAN.

Je sais bien qu'aux yeux de certaines gens je n'en serais pas plus mal vu, car au taux où se cote la vertu... Mais passons. Ainsi, tu m'as vu, moi, fort comme un chêne, ardent au travail, patient, poursuivant toujours le même but ; heureux dans mon intérieur, mettant tout mon bonheur à satisfaire aux caprices d'une épouse, chérissant une enfant dont je voudrais faire un ange : eh bien ! tout cela s'est envolé comme la poussière du chemin. Ah ! la femme ! Compter sur elle et bâtir sur l'argile, c'est bien tout un... Imagine qu'hier j'essayai de boire : je me suis fait peur, j'étais capable de tout ; puis, je me suis mis en colère ; j'ai senti que le mépris, contre moi, se joindrait à la honte.

### ÉMILE.

Avant de nous quitter, prends un bon conseil de moi : il ne faut croire que ce qu'on voit, et Thomas l'incrédule était un grand homme ; c'est mon avis. Maintenant, si tu soupçonnes ta femme sérieusement, mets tous tes efforts à n'en rien laisser paraître et observe en silence ; car, venant à découvrir que le démon de la jalousie te torture : innocente, elle prendrait cela pour une insulte cruelle ; et, coupable, elle cacherait son jeu de manière à ce que tu ne le découvrisses jamais. (Se levant.) Sur ce, je te donne le bonjour et te souhaite plus de tranquillité dans l'esprit... Finissons donc nos verres. (Trinquant.) A ta santé. (Après avoir bu,) Il n'a pas dégénéré, le vin de chez nous. Allons, une poignée de mains...

MARIAN, lui donnant la main.

A bientôt.

ÉMILE, sortant.

Il faut l'espérer.

(Il sort.)

## SCÈNE VI

### MARIAN.

Raconter ces sortes de choses à ceux qui n'y sont pas intéressés, c'est absolument comme si vous leur parliez Tagal.

## SCÈNE VII

### MARIAN, ANTONINE, CLÉMENCE.

ANTONINE, sautant au cou de son mari.

Voyons, Marian, dis-moi ce qui t'anime contre moi?

MARIAN, se dégageant.

Je ne puis répondre à ceci.

ANTONINE.

Si. Je veux savoir ce qui se passe en toi : voilà long-temps que tu ne m'as pas embrassée... Pourquoi cette figure; que t'ai-je fait?

MARIAN, lui tournant le dos.

Laisse-moi tranquille, c'est tout ce que je te demande.

ANTONINE.

Mais, enfin, dis-moi ce que tu penses.

MARIAN, à part.

Ce que je pense!

ANTONINE.

Je ne puis pas vivre ainsi. De quoi suis-je coupable, n'ai-je pas soin de toi, de notre enfant?

MARIAN.

Si, si.

ANTONINE, cherchant à l'embrasser.

Voyons, mon ami, je t'en supplie, embrasse-moi.

MARIAN, la repoussant doucement.

Mes embrassements! que sont-ils pour toi? (A part.) Ah! je ne découvrirai rien; je ne puis être hypocrite et je me sens ridicule.

ANTONINE.

Que dis-tu? Prendrais-tu de la jalousie, par hasard; ce serait du nouveau?

MARIAN.

Si j'en prenais, ce ne serait peut-être pas sans motifs.

ANTONINE.

Ta tête déménage, tu me fais peur.

MARIAN, à part.

Si l'on pouvait lire dans le cœur de sa femme !

ANTONINE.

Si c'est la jalousie qui te tourmente, c'est bien à tort. Vois donc notre enfant: comment peux-tu croire que j'aie d'autre amour en tête, à supposer que j'aie cessé de t'aimer, toi ? Je t'en prie, si j'ai des torts envers toi; quels sont-ils?

MARIAN.

Si tu te reconnais des torts, réforme-toi; si tu n'en as pas, ne cherche pas à te justifier.

ANTONINE.

Mais je ne cherche pas à me justifier.

MARIAN.

Quel était cet homme, à qui tu fis un signe de tête, l'autre jour, par cette fenêtre ? Le hasard m'a jeté cela dans les yeux.

ANTONINE, troublée.

Je n'ai fait signe à personne.

MARIAN, prenant son chapeau.

Tu mens ! (A part, sortant.) J'aurais dû manger ma langue !

ANTONINE.

Ah ! quel horreur !

# ACTE DEUXIÈME

La scène est dans un bois des environs de Paris, le théâtre est dans
une demi-obscurité ; effet de matin. A terre, à gauche, une boîte
de pistolets et un manteau.

## SCÈNE I

MARIAN, ÉMILE, tous deux à gauche de la scène.

#### ÉMILE.

Ah, je comprends ; si tu es convaincu de ton malheur...

#### MARIAN.

Oui, mon ami, j'ai vu... Maintenant que je réfléchis à
cela presque avec calme, je puis te faire part de mes im-
pressions. Hé bien, je ne te souhaite pas un pareil écrou-
lement d'illusions. Certains philosophes, je le sais, pré-
tendent qu'il est outrecuidant à un homme d'avoir la fa-
tuité de penser qu'il doive toujours plaire à sa femme ;
qu'une égratignure dans le contrat ne tue pas un mari,
que même on peut s'habituer à ces choses-là : tout cela
tombe devant la réalité, pour peu qu'on ait du cœur.
Toute la philosophie du monde ne peut lutter contre certains sentiments que la nature a mis en nous... Ce que
j'éprouvai sur le moment, je ne le désire pas à mon plus
grand ennemi... Ce fut cependant assez drôle, car il y
a le côté comique en toutes choses sombres... L'intrus,
d'abord, sauta par la fenêtre. Quant à moi, je fus pris,
avant tout, d'un immense étonnement ; mais on ne peut
pas raconter ces choses-là... Au fond, j'avais toujours
cru me tromper ; puis, j'éprouvai comme la sensation
d'un fer rouge me brûlant le corps ; j'étais bouleversé,
fou. Un monde d'idées m'envahit le cerveau, je vis
que tout m'échappait : l'amour, l'amitié, l'avenir, les
projets, l'intérieur, la famille ; un mur, une barrière in-

franchissable me séparait désormais de tout cela. La rage me déchira le cœur. Quoi ! Cette femme au-dessus de laquelle je n'avais rien vu, l'ange du foyer ; cette femme qui m'avait donné sa foi, qui m'avait aimé sincèrement, qui m'avait dit un jour : tu seras mon dernier amour comme tu as été le premier; si Dieu nous accorde une longue existence, si les feux de la jeunesse se calment avec l'âge, je sens que notre attachement ne finira qu'avec la vie, et tout ce que je demande au ciel, c'est de nous accorder la grâce de mourir ensemble ! Quoi, me dis-je, cette femme, jusque-là pure et franche, n'est donc plus qu'une prostituée, un monstre d'hypocrisie? Hé bien, oui! Tu n'as plus, toi Marian, que son corps souillé, qu'un cadavre ! Son âme ? Elle est à l'autre. Tu comprends ? Cet autre, tu l'as vu : crois-tu qu'il me vaille ? Et quand il me vaudrait, encore ! Hé bien, non ! C'est un lâche : pour l'amener sur le terrain il a fallu que je le soufflète, que je lui crache au visage devant ses amis, et encore, viendra-t-il? Il est en retard, tu le vois.

ÉMILE.

Les conditions du duel sont terribles aussi : dix pas !

MARIAN.

Terribles ! Mais je voudrais ce duel à bout portant; je ne me bats pas pour un article de journal.

ÉMILE.

Enfin, les conséquences...

MARIAN.

Les conséquences ? Je voudrais qu'il me tuât. Qu'est-ce que la vie pour moi, maintenant ?

ÉMILE.

Pour toi, c'est possible ; mais pour lui....

<h2 style="text-align:center">SCÈNE II</h2>

LES MÊMES, LE DEUXIÈME TÉMOIN sortant de la coulisse de droite.

LE DEUXIÈME TÉMOIN.

Je vous annonce enfin nos adversaires.

MARIAN.

C'est fort heureux.

ÉMILE, à Marian.

As-tu pris, au moins, quelques leçons de tir ?

MARIAN.

Je n'ai jamais tenu de ma vie un pistolet.

## SCÈNE III

Les Précédents, RAPHAEL, UN DOCTEUR, Le
Troisième et le Quatrième Témoin.

Les témoins de Raphaël saluent ceux de Marian ; ils vont tous les
quatre au fond du théâtre, ils s'entendent à voix basse et chargent
les armes.
Marian reste seul à gauche.
Raphaël cause avec le docteur à droite.

LE DOCTEUR tàtant le pouls à Raphaël.

Mon ami, vous êtes ému.

RAPHAEL, piqué.

Voilà bien une idée de médecin !

LE DOCTEUR.

Ce n'est pas une idée, c'est un fait.

RAPHAEL.

Si vous croyez me faire plaisir...

LE DOCTEUR.

Le pouls ne ment pas.

RAPHAEL.

Du diable, vous allez me faire rire !

LE DOCTEUR.

Il n'y a pas de quoi. Savez-vous que je ne m'attendais
pas à être réveillé de si bonne heure, ce matin ? Enfin,
pourquoi vous battez-vous ?

### RAPHAEL.

Pardieu ! pour la femme de cet ouvrier que vous voyez
là.

### LE DOCTEUR.

Ah ! c'est votre cocu ?

### RAPHAEL.

Oui, et je dois ce duel à deux ou trois amis qui ont pris
fait et cause contre moi, histoire de me contrarier ; et
l'autre a monté sur ses grands chevaux : enfin je subis la
dictature du ruisseau.

### LE DOCTEUR.

Pardieu, nous en sortons tous ; seulement, vous, c'est
depuis Pépin-le-Bref.

### RAPHAEL.

Vous êtes sanglant, docteur.

### LE DOCTEUR.

Où diantre allez-vous prendre vos amours aussi !

### RAPHAEL.

Vous en avez contre moi, décidément : heureusement
que je m'exerce depuis trois jours chez Devismes : je sais
que j'ai affaire avec une mauvaise tête.

### LE DOCTEUR.

S'il fallait que tous ceux qui sont dans son cas se bat-
tissent pour si peu, les trois quarts de Paris y passeraient.
Vos leçons vous ont-elles profité, au moins ?

### RAPHAEL.

Espérons-le, docteur. En tout cas, sachez que je ne vous
dérange pas pour rien ; les huîtres sont commandées chez
Brébant : qu'il m'arrive malheur ou non, je veux que vous
en goûtiez et que vous buviez le sauterne à mon malheur
ou à ma santé.

### LE DOCTEUR.

Il faut espérer que nous le boirons ensemble.

RAPHAEL.

Je ne suis pas fâché, d'ailleurs, d'avoir ce duel ; surtout pour la cause qui l'occasionne : cela va me poser dans Paris. J'espère aussi que vous n'irez pas crier par dessus les toits que je me suis battu pour la femme d'un ouvrier?

(Les témoins se rapprochent.)

LE DEUXIÈME TÉMOIN.

Messieurs, si vous êtes prêts, nous sommes d'accord sur les conditions de ce duel.

(Il dépose à terre les pistolets de Marian, le troisième témoin dépose ceux de Raphaël à côté des autres.)

LE DEUXIÈME TÉMOIN continuant.

Voici deux pailles, (regardant alternativement Raphaël et Marian.) veuillez en prendre chacun une : celui qui tirera la plus courte aura le choix entre les armes de son adversaire et les siennes. Nous nous sommes arrêtés à ce système, l'acceptez-vous?

RAPHAEL.

Parfaitement.

LE DEUXIÈME TÉMOIN à Marian.

Et vous?

MARIAN.

J'accepte.

LE DEUXIÈME TÉMOIN, présentant les pailles.

Allons.

LE DEUXIÈME TÉMOIN, à Raphaël qui a tiré la bonne paille.

Bien... Ah, c'est vous, monsieur, qui avez le choix.

RAPHAEL, prenant ses pistolets.

Chacun ses armes, en ce cas.

LE TROISIÈME TÉMOIN, s'avançant avec une canne.

Attention, messieurs... (Il tire une raie au milieu du théâtre.) Dix pas de chaque côté. Les adversaires n'ont pas le droit d'avancer pour tirer.

MARIAN.

Monsieur Raphaël a peur, sans doute ? Il était convenu de se battre à dix pas, puisqu'on n'accepte pas le duel à l'américaine.

LE TROISIÈME TÉMOIN.

Pardon : dix pas de chaque côté de la ligne.

MARIAN.

C'est un duel pour rire.

LE QUATRIÈME TÉMOIN, à Marian.

Nous ne servons pas de témoins pour les assassinats : D'ailleurs, vous n'êtes pas l'offensé.

MARIAN.

Merci ! soit.

LE TROISIÈME TÉMOIN, comptant les pas à gauche.

Un, deux, trois, quatre, cinq, six, sept, huit, neuf et dix. (A Marian.) Veuillez vous mettre là, s'il vous plaît. (Revenant sur ses pas et comptant à droite de la ligne.) Un, deux, trois, quatre, cinq, six, sept, huit, neuf et dix. (A Raphaël.) Monsieur, voici votre place. Maintenant, messieurs, selon nos conventions, je vais claquer des mains, et, à la troisième fois, vous ferez feu simultanément ; mais, au préalable, veuillez attendre que nous soyons suffisamment éloignés...

(Les témoins s'éloignent.)

LE QUATRIÈME TÉMOIN.

C'est prudent.

LE DEUXIÈME TÉMOIN.

Très-prudent.

LE QUATRIÈME TÉMOIN.

On a vu des duels où les seuls témoins furent atteints.

LE TROISIÈME TÉMOIN.

Éloignons-nous encore.

ÉMILE, qui est premier témoin.

Nous n'avons rien à craindre ici.

LE QUATRIÈME TÉMOIN.

Eh, messieurs ! (S'arrêtant.) Enfin, à la grâce de Dieu.

LE TROISIÈME TÉMOIN, aux adversaires.

Nous donnons le signal.

(Il claque trois fois des mains, les adversaires tirent...
Marian chancelle, ses témoins se précipitent vers lui.
Raphaël n'est pas touché.)

RAPHAEL, à part.

J'ai fait mouche, si je ne m'abuse.

(Il reste comme hébété.)

ÉMILE, soutenant Marian par les bras.

Touché, mon pauvre ami. Où souffres-tu ?

(Comme Marian ne répond pas, Émile et le deuxième
témoin le couchent par terre et l'arrangent le mieux
qu'ils peuvent. Le docteur donne un coup d'œil sur
le blessé et va fouiller dans sa trousse.)

RAPHAEL, à ses témoins, et comme se faisant violence à lui-même
pour ne pas paraître ému.

Nous allons voir ce que dira Dormeuil, à présent.

LE QUATRIÈME TÉMOIN, au troisième témoin.

Il faut filer... La police... On ne sait pas ce qui peut
arriver.

(Il prend Raphaël par le bras.)

LE DEUXIÈME TÉMOIN, qui est avec Marian, au docteur.

Vous n'êtes pas des nôtres, docteur ; mais enfin, par
humanité...

LE DOCTEUR, sèchement.

Vous voyez bien que je m'occupe de vous, laissez-moi.
Vous deviez amener un confrère, que diable.

RAPHAEL, au docteur.

Docteur... je suis fâché...

LE DOCTEUR, à Raphaël.

Vous n'avez plus rien à faire ici. (Bas.) Allez ouvrir les huîtres, je vous rejoins dans une heure.

MARIAN, à Émile, d'une voix entrecoupée.

Ne me quitte pas, je meurs... donne-moi ta main.
(Raphaël et ses témoins saluent et s'en vont.)


## SCÈNE IV

MARIAN, ÉMILE, Le Deuxième Témoin, Le Docteur.


ÉMILE, au docteur qui s'approche.

Docteur?

LE DOCTEUR.

Voilà, voilà... Cette chemise n'est pas assez ouverte... C'est cela... Relevez un peu plus la tête... Approchez ce mouchoir des narines... C'est de l'ammoniaque... Pas continuellement, vous pourriez asphyxier le sujet... C'est cela... C'est bien... Seulement pour le ranimer.

MARIAN.

Non... je vous en prie... laissez-moi.

LE DOCTEUR, à Marian.

Du courage, mon ami; laissez-vous faire.

ÉMILE, à Marian.

Tu ne t'appartiens plus, à présent.

LE DEUXIÈME TÉMOIN, faisant l'empressé.

Dites-moi, docteur; il me semble... que... si...

LE DOCTEUR, au deuxième témoin.

Mon Dieu, monsieur, laissez-nous agir. Restez ici près; si j'ai besoin de vous, je vous appellerai.

LE DEUXIÈME TÉMOIN, venant au milieu de la scène.

Pas aimable, le docteur. (Regardant Marian.) Quel courage il a, ce diable de Marian! (Faisant face aux spectateurs.) Mais

enfin, voyons : le plomb qu'il a dans la poitrine l'empêche-
t-il d'être ce que sa femme l'a fait? Puique nous sommes à
ce chapitre, parlons un peu de la femme vers l'émancipation de laquelle nous entraîne le torrent des idées nouvelles... le torrent des idées nouvelles.... où donc en suis-
je? Ah! oui... L'émancipation de la femme! Mais philosophes, mes amis, vous ne voyez donc pas qu'il faut que la
femme soit dominée, gouvernée ; que si ce pauvre homme
qui meurt là, qui n'en vaut guère mieux en tout cas, avait
su diriger la sienne, s'il n'en eût pas fait un ange, contre
toutes les règles du bon sens, il serait encore, à présent,
fort et vigoureux comme vous et moi? Vous savez pourtant bien que la femme est un être inférieur ; que la matière cérébrale est, chez elle, plus aqueuse et moins volu-
mineuse que chez nous : je lus cela dans un livre, hier ; un
livre qui donne de l'esprit, ma foi!... où donc en suis-je?
Ah!... vous criez au despotisme de l'homme, à l'abus de sa
force : mais songez donc que si la force seule gouvernait
le monde, nous serions dominés par les chevaux, les élé-
phants; que sais-je? Mais non : nous avons l'intelligence,
sachons donc nous en servir; car la femme, sans que nous
l'y poussions par de sottes adulations, cherche assez à
dominer, par le temps de conférencières et de bas-bleus
où nous vivons... Feu mon père, qui n'était qu'un paysan,
disait souvent : la femme n'est bonne que pour trois
choses : les enfants, la cuisine, et.. vous comprenez; il
concluait de cela que l'homme qui la laisse sortir de soe
rôle en est toujours fort mal récompensé. Si j'étais capable
d'écrire un livre, j'en ferais un là-dessus. Je reviens
toujours à ce pauvre homme que vous voyez là : (Il montre
Marian.) il a fait un piédestal à sa tendre moitié, voyez, à
présent, ce qu'il retire de son aveuglement: Madame aimait
le beau Raphaël qui vient de tuer son mari, son mari,
vous m'entendez, le pourvoyeur du ménage, la bête de
somme, si cela vous plaît; madame aimait le beau Raphaël,
dis-je; maintenant, elle va l'adorer : Vous ne le croyez
pas? Eh bien! je le crois, moi. Quand deux mâles, je parle
des animaux, se battent pour une femelle, malheur au
vaincu; c'est pourquoi je ne me battrai jamais pour une
femme. Et qui pis est, savez-vous encore ce qu'il advient
de tout cela? Le monde dira, par-dessus le marché : Pauvre
femme! son mari devait être un brutal ou un ivrogne. Est-
ce que je ne connais pas toutes ces histoires-là!

LE DOCTEUR, à Émile, se relevant.

Allons, voilà qui va bien, nous avons fait le plus pressé.
Ranimez le sujet chaque fois que vous le verrez défaillir;
quant au reste, nous allons nous en occuper... (Au deuxième
témoin.) Venez avec moi, s'il vous plaît, jusqu'au premier
village. (Bas.) La blessure est fort grave, le temps presse ;
vous ramènerez une voiture, et je vous donnerai mes
prescriptions pour le transport. Partons.

DEUXIÈME TÉMOIN, à part.

Avec cela, ma journée est perdue.

(Ils partent.)

## SCÈNE V

### ÉMILE, MARIAN.

(Pendant toute cette scène, Marian entrecoupe ses paroles de soupirs
douloureux.)

ÉMILE.

Du courage, va, ce ne sera rien. Il paraît que ces bles-
sures-là sont très-douloureuses mais n'offrent aucun danger : je viens d'entendre le docteur dire cela.

MARIAN.

Ne me quitte pas.

ÉMILE.

Ne crains rien, j'ai ta main dans la mienne.

MARIAN.

Ah?... Je ne veux pas mourir seul.

ÉMILE.

Ne parle pas, cela te fatigue.

MARIAN.

Ma pauvre petite Clémence... j'aurais voulu... l'embrasser.

ÉMILE.

Patience.

#### MARIAN.

Oui... tu l'embrasseras bien pour moi... que va-t-elle devenir... Dis-lui... plus tard... que son père... l'aimait... plus que lui-même.

#### ÉMILE.

Tais-toi donc.

#### MARIAN.

Laisse-moi... parler... je sens que je vais passer...

#### ÉMILE.

Quelle idée !

#### MARIAN.

Pauvre enfant... quelle destinée... Écoute... dis à Antonine... que... que... (Avec effort.) je la pardonne... que je l'aime.., encore... Ah !... c'est fini.

#### ÉMILE.

Mais non, mais non.

#### MARIAN.

Serre-moi la main... Émile ?... il n'y a plus d'argent à la maison...

#### ÉMILE.

De quoi t'occupes-tu là ?

#### MARIAN.

Oh !... je ne vois plus clair...

#### ÉMILE.

C'est le mouchoir qui est devant tes yeux.

#### MARIAN.

Soulève-moi... (Comme Émile va pour le mettre sur son séant.) non... non... si... Adieu... ah !...

(Il meurt.)

#### ÉMILE.

Marian ? Marian ?... (Il se lève.) Marian ! les huîtres, le sauterne ; tout ça va bien ensemble !

(Le rideau tombe.)

# ACTE TROISIÈME

Même décor qu'au premier acte.

## SCÈNE I

ANTONINE, à gauche de la scène et à genoux devant un fauteuil.
Elle est folle. CLÉMENCE, au fond. Elle joue avec sa poupée.
ÉMILE, Première Femme. Ils observent Antonine.

ANTONINE.

O mon Raphaël... n'es-tu pas le plus beau... C'est donc
vrai ce que tu dis-là? Dieu nous a faits l'un pour l'autre?...
Comment, tu m'offres un château?... La fortune? .. Mais
tout cela n'est rien pour moi... pourvu que je sois dans
tes bras... que tu me dises : je t'aime, que je meure sous
tes baisers... c'est tout ce que je veux.

PREMIÈRE FEMME, s'approchant d'Antonine et la relevant
avec douceur.

Asseyez-vous, mon enfant, je vous en prie.

ANTONINE, s'asseyant, et, d'un air hébété.

Qui êtes-vous?

PREMIÈRE FEMME.

Je suis votre amie; vous ne me reconnaissez donc pas?

ANTONINE.

Ah?

(Elle se tait et reste assise immobile et les yeux fixes.)

PREMIÈRE FEMME, à Émile.

Sa folie ne paraît pas turbulente et je crois que nous pourrons l'emmener facilement. En tout cas, nos précautions sont prises. Je vais revenir, tout à l'heure, avec une aide, et nous allons nous procurer une voiture. Dites-moi, monsieur : s'il lui prend fantaisie de vous parler, entretenez-la toujours dans son idée fixe ; il ne faut jamais contrarier les fous, ce n'est que par la douceur qu'on vient à bout d'eux. Attendez-nous, je vous en prie.

(Elle sort.)

ÉMILE.

Soyez tranquille.

## SCÈNE II

### ANTONINE, CLÉMENCE, ÉMILE.

ÉMILE, à part.

Qui donc eût osé soupçonner, il y a quelques jours à peine, que le souffle du malheur pût bouleverser si promptement un intérieur où tout paraissait si bien en équilibre ? Il y a quelque chose d'infernal dans les enchaînements de la fatalité ! Après cela, qui peut répondre du lendemain ? L'ouragan qui détruit tout sur son passage, a-t-il des effets plus prompts que l'élément de dissolution qui s'est introduit ici ? Après cet exemple, mettez donc toutes vos joies dans la famille, s'il faut voir tomber, au moindre accident, l'édifice de bonheur qu'on a construit. Pour les gens favorisés de la fortune, il existe encore un contrepoids à tant de calamités, ils peuvent retrouver, au dehors, une partie de ce qu'ils ont perdu chez eux ; mais pour nous autres, que reste-t-il ? La justice de Dieu ? Faut-il y croire ? (S'asseyant.) Clémence ?

CLÉMENCE, venant à lui.

Monsieur ?

ÉMILE, l'asseyant sur ses genoux.

Il faut me dire papa, maintenant.

CLÉMENCE naïvement.

On peut donc avoir deux papas ?

ÉMILE, *prenant une pièce d'argent dans son gilet.*

Pauvre enfant... Tiens, vois donc la belle petite pièce de quatre sous ; elle est toute neuve... Je te la donne.

CLÉMENCE.

Oh ! merci, monsieur .. Voulez-vous que j'achète des pralines ?

ÉMILE.

Écoute : il faut garder ton argent, à présent ; je vais t'acheter une jolie petite tirelire, jolie, jolie ; quand il y aura cinq francs dedans nous les mettrons à la caisse d'épargne, parce que tu vas être une petite femme, à présent ; tu vas entrer en apprentissage, tu comprends bien : ton papa est mort, et puis ta maman est malade. Elle va s'en aller, ta maman.

CLÉMENCE.

Quand est ce ?

ÉMILE.

Tout à l'heure. Tu vas venir coucher chez nous, tu auras une autre petite maman, en attendant que la tienne revienne. Tu seras bien sage, n'est-ce pas ?

CLÉMENCE.

Oh ! monsieur, je vous le promets. Je vous aime bien aussi.

ÉMILE.

Allons, tant mieux, ma pauvre petite.

(Il l'embrasse et la remet à terre. Elle retourne<br>à sa poupée.)

## SCÈNE III

LES MÊMES, GRAPPIN.

GRAPPIN, *à Émile.*

C'est moi, monsieur ; je viens vous dire mon dernier mot : j'irai jusqu'à deux cents francs, c'est tout ce que je puis faire. Vous pouvez voir tous mes confrères, aucun d'eux ne vous offrira ce prix.

ÉMILE.

Vous êtes bien tous les mêmes, vous vous engraissez du malheur des autres.

GRAPPIN.

Prenez-le comme il vous plaira, monsieur ; chacun connaît ses affaires, et, d'ailleurs, je vous assure que nous n'engraissons pas par le temps qui court : les impôts nous écrasent.

ÉMILE.

Mais enfin, croyez-vous que je sois dupe ? La commode et le lit seuls valent le prix que vous offrez du tout. Ce ne sont pas mes intérêts que je défends, ce sont ceux de cette orpheline que vous voyez. (Il montre Clémence.) Si je n'étais pas chargé de famille et fort gêné, je prendrais ce mobilier pour mon compte, mais j'ai déjà payé les frais d'enterrement, un terrain pour cinq ans ; il me faut encore de l'argent pour payer l'apprentissage de cette enfant, et je suis à sec.

GRAPPIN.

C'est très-malheureux tout ce que vous dites-là, mais, vous comprendrez que s'il fallait s'apitoyer sur ce qu'on voit tous les jours, et participer aux malheurs des gens, notre métier ne serait plus possible.

ÉMILE.

Mais enfin, monsieur Grappin, prenons les choses séparément : combien payez-vous le lit ?

GRAPPIN.

Vingt francs.

ÉMILE.

Vous n'êtes pas honteux ?

GRAPPIN.

Pas du tout. Il est disloqué.

ÉMILE.

Les trois matélas ?

GRAPPIN.

Cinquante francs, en bloc.

ÉMILE.

Ils ont coûté trois fois plus.

GRAPPIN.

D'accord, mais la laine est rongée des vers ; tout cela est en poussière.

ÉMILE.

Et la commode ?

GRAPPIN.

Vingt-cinq francs. La table et les chaises, trente francs, le fauteuil, dix francs, et la pendule quinze. Le tout est en mauvais état, et il y aura plus de façon pour les remettre en état que pour faire du neuf.

ÉMILE.

Avec ce système...

GRAPPIN.

Mais, monsieur, quand les réparations seront faites, il faudra peut-être que je garde ce mobilier deux ans en magasin avant de le vendre. Nous sommes écrasés de frais; dans Paris je vous le répète.

ÉMILE.

Tout cela fait cent cinquante francs, il n'en reste que cinquante pour compléter les deux cents que vous m'offrez, et, pour cette somme de cinquante francs, vous osez prendre les couvertures, les ustensiles de cuisine, la glace, etc... C'est incroyable !

GRAPPIN.

Chacun son métier. Aucun de mes confrères ne montera jusqu'à la somme que je vous offre.

ÉMILE, à part.

Quel cancre ! (Haut.) Remettez quelque chose, enfin, soyez plus raisonnable.

GRAPPIN.

C'est impossible. Vous ne voyez donc pas que ce mobilier a été négligé, et que, de plus, il est démodé. Tout cela
n'est que de la brocante.

ÉMILE.

Voyons, ajoutez quelque chose ?

GRAPPIN.

Je ne vais pas par trente-six chemins, je remets vingt
francs qui font deux cent vingt ; c'est mon dernier mot.

ÉMILE.

Vous irez bien à trois cents ?

GRAPPIN, allant pour sortir

J'ai bien l'honneur de vous saluer.

ÉMILE, le rappelant.

Ne vous sauvez pas comme ça.

GRAPPIN, revenant.

C'est oui, c'est non ; choisissez.

ÉMILE.

Cependant...

GRAPPIN.

Hé, monsieur ! Voilà déjà trois fois que je reviens : le
temps est cher, à Paris.

ÉMILE, lui donnant un papier.

Revoyez donc ce petit inventaire que j'ai dressé !

GRAPPIN.

Je le sais par cœur, votre inventaire. Non, voyez-vous,
je suis déjà trop large.

ÉMILE.

Merci ! Vous irez bien à deux cent cinquante ?

GRAPPIN, allant encore pour sortir.

Il est impossible de s'entendre avec vous.

(Il sort.)

ÉMILE, à part.

Quel usurier ! (Haut.) Hé, là-bas !... Hé !...

GRAPPIN, revenant.

Ah! vous vous décidez?

ÉMILE.

Si je n'avais pas le poing sous la gorge...

GRAPPIN.

C'est tout ce que ça vaut.

ÉMILE.

Payez, et que cela soit terminé. (Lui donnant l'inventaire.) D'abord, signez-moi cette vente... au bas de cet inventaire.

GRAPPIN.

Volontiers.

ÉMILE, lui donnant plume et encre.

C'est pour ma responsabilité... (Pendant que Grappin écrit.) Vous ne savez pas mieux écrire que cela ?... Pour un commerçant...

GRAPPIN, sans se déranger d'écrire.

J'en sais assez pour faire mes affaires.

ÉMILE.

Cela se voit... Là, signez, à présent... Quel parafe !

GRAPPIN.

La plume crache.

ÉMILE.

Allons. payez.

GRAPPIN, prenant de l'or dans sa poche et payant.

Toujours au comptant, monsieur, je n'ai pas de livres.

ÉMILE, à part.

Plus coquin que bête.

GRAPPIN.

C'est le moyen de rester honnête homme, en affaires)
(Posant et recomptant sur la table deux piles de cent francs..
Voilà... une et deux...

ÉMILE.

Encore vingt francs, vous savez bien que c'est deux
cent vingt.

GRAPPIN.

Comment ?... Ah ! c'est vrai.
(Il remet vingt francs.)

ÉMILE, haut, empochant l'argent.

Vilain gueux !

GRAPPIN, voulant se fâcher.

C'est pour plaisanter ce que vous dites ?

ÉMILE, d'un air provocateur.

Et si ce n'était pas pour plaisanter ?

GRAPPIN, changeant de ton.

Je vous laisserais avec votre colère.

ÉMILE, avec ironie.

Je n'en doute pas.

GRAPPIN.

Oh ! je suis bien accoutumé à tout cela.

ÉMILE.

C'est flatteur pour vous.

GRAPPIN.

Alors, je prendrai la clef chez le concierge ?

ÉMILE.

Oui, monsieur, demain matin.

GRAPPIN sortant.

Serviteur.

ÉMILE.

De tout mon cœur... Pauvre Mariau !


## SCÈNE IV

ANTONINE, CLÉMENCE, ÉMILE.


ANTONINE.

Quel est donc cet homme-là?

ÉMILE.

C'est un marchand qui vient d'acheter votre mobilier.

ANTONINE.

Alors nous avons beaucoup d'argent?

ÉMILE.

Beaucoup d'argent.

ANTONINE.

Quel bonheur ! Je vais me rhabiller des pieds à la tête...
je veux être belle... pour lui plaire...

ÉMILE.

Plaire à qui?

ANTONINE.

Mais, à Raphaël.

ÉMILE, à part.

C'est drôle, il y a de ces instants où le spectacle de la
folie même excite la colère. Si c'était ma femme, je crois
que je lui briserais la tête ! Je deviendrais fou moi-même;
si je restais là longtemps.

## SCÈNE V



LES MÊMES, PREMIÈRE FEMME, DEUXIÈME FEMME.


PREMIÈRE FEMME, parlant à du monde qui est dehors.

Restez dehors, je vous prie; si nous avons besoin de vous, nous vous ferons signe. (A Emile.) Il n'est rien arrivé d'extraordinaire?

ÉMILE.

Non, madame.

PREMIÈRE FEMME, à Antonine.

Voyons, mon enfant, la voiture est là, le bonheur vous attend; levez-vous et suivez-nous.

ANTONINE, se levant.

Ah! je sais; mais je vous connais, maintenant : vous êtes des gendarmes... vous vous êtes déguisés en femmes pour mieux me tromper.

PREMIÈRE FEMME.

Nous ne voulons pas vous tromper, nous sommes vos amies; reconnaissez-nous.

ANTONINE, s'exaltant.

Vous venez me chercher parce que j'ai assassiné mon mari.

ÉMILE.

C'est une crise qui lui prend.

ANTONINE.

Vous ne m'emmènerez pas, je crierai, je vous mordrai! Vous voulez que je comparaisse devant un tribunal?

ÉMILE, à la première femme.

Voulez-vous que je vous aide?

PREMIÈRE FEMME.

Non, laissons-la s'épuiser; nous n'aurons peut-être pas
besoin d'employer la force.

ÉMILE.

J'admire votre sang-froid.

DEUXIÈME FEMME.

Nous connaissons cela, monsieur; c'est notre métier.

ANTONINE.

Que complotez-vous là?

PREMIÈRE FEMME, à Antonine.

Soyez raisonnable, mon enfant; nous venons justement
pour vous sauver du danger qui vous menace.

ANTONINE, changeant de ton.

Est-il possible! (Regardant fixement devant elle et croyant voir
son mari.) Ah! vous avez raison... Lui!... Lui! Il est là!...
Ne l'entendez-vous pas? Il crie vengeance... Vous ne le
voyez donc pas?

PREMIÈRE FEMME, essayant de l'emmener.

Si, si, partons; venez avec nous.

ANTONINE, après un rire saccadé.

Ah! mais toutes les forces de la terre seraient là que
vous ne pourriez pas m'arracher d'ici! Vous ne voyez donc
pas que la colère du ciel me cloue à cette place?

PREMIÈRE FEMME.

Calmez-vous.

ANTONINE.

Toujours lui! (Tombant à genoux, joignant les mains et pleu-
rant.) Ô mon ami, mon époux, je t'ai fait mourir, pardonne-
moi; fais-moi tout le mal que tu voudras; venge-toi. Prends
mon cœur, écrase-le dans un étau; prends mon sang, ré-
pands-le comme j'ai répandu le tien, mais après, reçois

mon âme et prends pitié d'elle! J'ignorais qu'un instant d'égarement pût briser ce qu'il y a de plus sacré dans le monde; je ne te connaissais pas!...

PREMIÈRE FEMME, à Émile.

Il lui revient un peu de lucidité.

ANTONINE, de même.

Viens, je t'en supplie, donne-moi le baiser du pardon... Tu me repousses? Tu disparais? Ah! je suis perdue, maudite à tout jamais! Adieu... dis-moi donc adieu? Pitié? Pitié? Ah! malédiction! (Elle met les mains par terre, tout en restant à genoux.) Il n'y a donc pas de Dieu, pas de justice, pas de pardon? Le cri du remords n'a donc pas d'écho? Ah! Seigneur, où êtes-vous!... (Elle se lève tout debout, et, s'adressant aux deux femmes.) Qui êtes-vous? Où suis-je? Oui, je vous reconnais, emmenez-moi, partons; je mérite tout ce qu'on peut me faire.

PREMIÈRE FEMME, prenant Antonine par le bras.

Profitons du bon moment.

ÉMILE.

Attendez que son enfant l'embrasse... Clémence?... viens embrasser ta mère.

CLÉMENCE, accourant.

Comme elle est drôle, maman.

ÉMILE, à Antonine, lui présentant son enfant.

Voyons, madame, embrassez votre enfant.

ANTONINE, refusant.

Vous savez bien que je n'ai pas d'enfant, pas de famille.

ÉMILE, à Clémence, la soulevant de terre.

Embrasse ta mère, Clémence... là... encore une fois... c'est cela...

PREMIÈRE FEMME, entraînant Antonine.

Salut, monsieur. (A Antonine, qui se laisse emmener.) Marchons, mon enfant.

(Ils sortent.)

## SCÈNE VI

CLÉMENCE, ÉMILE. (Il décroche quelques photographies.)

CLÉMENCE.

Est-ce qu'elle reviendra, maman, ou bien si elle fera comme petit papa?

ÉMILE, la prenant par la main.

Viens, Clémence; sortons.

CLÉMENCE.

Il ne reste donc plus personne, ici?

ÉMILE, tristement.

Non.

(Ils sortent.)

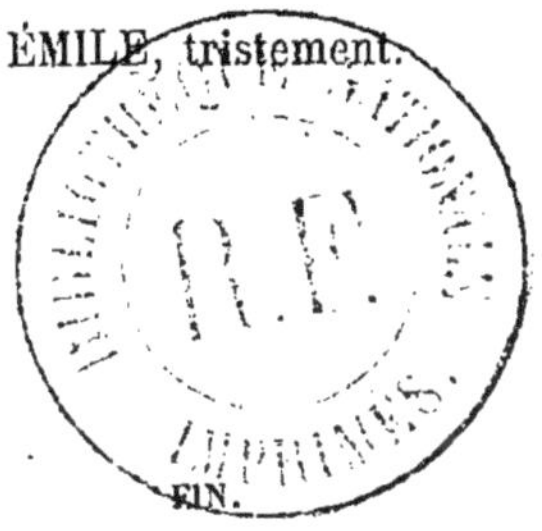

FIN.

Paris. — Imp. Emile Voitelain et Cᵉ, 61, rue J.-J.-Rousseau.

www.ingramcontent.com/pod-product-compliance
Ingram Content Group UK Ltd.
Pitfield, Milton Keynes, MK11 3LW, UK
UKHW020050100726
13658UKWH00004B/1659